D1322574

UNE PIMPRENELLE

Du même auteur

L'Écrivain de la famille, Lattès, 2011 (Livre de Poche, 2012).
La Liste de mes envies, Lattès, 2012 (Livre de Poche, 2013).
La première chose qu'on regarde, Lattès, 2013.

www.editions-jclattes.fr

Grégoire Delacourt

UNE PIMPRENELLE

Nouvelle

JC Lattès

Maquette de couverture : Bleu T
Photo : Peter Augustin/GO Vision/GraphicObsession

ISBN : 978-2-7096-4581-2
© Éditions Jean-Claude Lattès.
© Elle-HFA/Éditions Jean-Claude Lattès, 2013,
pour la présente édition.

Pour Sibylle.

Cet été-là, Cabrel chantait *Hors Saison* et tout le monde chantait Cabrel.

Cet été-là avait rapidement été là, dès la fin du mois de mai et ses vingt degrés joyeux ; il y avait eu assez vite les premiers rires dans les jardins clos, les premières fumées grasses des barbecues, les cris des femmes surprises à demi nues au soleil, mais ravies ; les airs entendus des hommes qui se retrouvaient le soir, dans la fraîcheur, à boire les premiers rosés, bien glacés, pour tromper l'alcool, endormir les maléfices, et pouvoir en boire davantage.

Cet été-là, il y avait Victoire. Et il y avait moi.

Victoire était belle ; ma plus belle victoire, disait son père en riant (l'une des rares fois où il riait), heureux de son bon mot. Victoire avait des cheveux dorés, des yeux d'émeraude, comme deux petits cabochons, et une bouche pulpeuse, un fruit mûr.

Victoire avait treize ans. J'en avais quinze.

J'étais déjà grand ; une petite allure d'homme qui rappelait celle de mon père à qui l'avait connu. Ma voix était bientôt grave ; griffée. Et un poil sombre ourlait ma lèvre. Le résultat n'était pas très beau me semblait-il, mais les émeraudes de Victoire avaient le don de voir au-delà

des choses. Tu as de l'allure, disait-elle.
Tu as un beau cœur.

J'étais son ami. Je rêvais d'être bien
plus.

*

Cet été-là, nous ne partîmes pas en
vacances.

Ma mère avait perdu quelque temps
auparavant son travail à Modes de Paris,
rue Esquermoise à Lille, où son charme
et sa délicatesse avaient pourtant fait
des merveilles, son goût si sûr embelli
et allégé tant de silhouettes pâteuses.
Après quelques semaines de larmes et
de Martini, elle décida de reprendre sa
vie en main. Elle s'inscrivit à des cours
de comptabilité, si je n'ai pas d'argent,

disait-elle, au moins je pourrai compter celui des autres ; elle coupa ses cheveux et acheta une robe légère, rose pâle, qui soulignait avec malice sa taille fine et sa poitrine honnête. Après la mort de mon père – une crise cardiaque au volant de sa voiture rouge qui non seulement le tua sur le coup (selon les pompiers) mais fit trois autres victimes dans l'auto qui arrivait en face –, après cette tragédie donc, ma mère n'eut pas le cœur d'ouvrir le sien à un autre, rien ne le remplacera ni personne, se lamentait-elle, je suis la femme d'un seul amour, j'ai fait une promesse. J'avais trois ans. Je ne me souvenais pas de lui et cette absence d'images, d'odeurs, de bras forts et de baisers qui piquent faisait pleurer ma mère. Elle s'appliquait à me montrer les photos de leurs débuts : dans un jardin, sur la plage d'Étretat, à la terrasse d'un restaurant, une fontaine à Rome, une jolie place derrière le palais Mattei di Giove, un lit immense, tout blanc, un matin sans doute, il regarde l'objectif, elle doit prendre la photo, il sourit, il est beau, élégamment fatigué, rien ne peut lui arriver ; je n'existe pas encore, il n'y a que les premières images d'un grand film d'amour. Elle me racontait ses mains, le bruit de son rire, la douceur de sa peau, la chaleur de son souffle ; elle me racontait la façon dont il me prenait dans ses bras, une bouleversante maladresse, la façon dont il me berçait ; elle murmurait les chansons qu'il chantait à mon oreille de nouveau-né ; elle pleurait l'absent, le silence ; elle pleurait ses peurs. En regardant les rares photographies, elle imaginait ses rides aujourd'hui, là, tu vois, il aurait des yeux comme des petits soleils, et sa ride du lion, ici, elle se serait creusée davantage, il aurait quelques cheveux blancs aussi, là, et là, et il serait encore plus beau, plus beau, et elle se levait, courait jusqu'à sa chambre, inconsolable, amoureuse et fidèle. En grandissant, je rêvais d'un frère, d'une sœur, d'autres voyous ; je rêvais de cabanes, de secrets, de malles aux trésors, mais ma mère resta fidèle à son grand amour perdu et même le charme envoûtant, *hollywoodien* fut-il parfois jugé dans le village, du jeune pharmacien à qui elle plaisait, vous êtes une valse disait-il, une grâce à quatre temps, même les parfums, les chocolats, les promesses et les bouquets, surtout les bouquets, ne la firent jamais changer d'avis.

Cet été-là, ma mère apprit le chapitre des charges et pertes par nature, la liste des tableaux et figures, les emballages perdus. Elle fit de moi son répétiteur, son professeur, son juge. Elle m'appelait son petit homme, tu ressembles de plus en plus à ton père ; elle était fière, elle m'aimait. Je me coupais la langue à lécher les enveloppes dans lesquelles elle envoyait son CV, ses petites bouteilles à la mer. Elle prenait ma main, l'embrassait ; je suis désolée pour cet été ; je te demande pardon, Louis.

*

Une pimprenelle

Nous habitions Sainghin-en-Mélantois. Imaginez un petit cœur de village, une église Saint-Nicolas du XVIe siècle, un Café du Centre, un PMU Le Croisé, un 8 à Huit, une boulangerie Dhaussy et un fleuriste Rouge Pivoine et puis très vite, jusqu'aux lisières des grands champs de betteraves, de céréales, les maisons de briques, les jardins qui se touchent, comme un damier, un patchwork hasardeux, ces jardins où les hommes s'enivrent l'été et où les femmes montrent parfois leurs seins au soleil. Un village où tout le monde connaît tout le monde mais où beaucoup de choses sont tues, les vérités comme les mensonges ; où la douleur des uns rassure la médiocrité des autres ; l'absence d'avenir donne des idées tristes, fait jaillir des colères et disparaître des gens, la nuit.

Les parents de Victoire possédaient une grande maison de briques orange, à la sortie du village, en retrait de la route qui mène à Anstaing. Son père était banquier, Crédit du Nord, 8, place Rihour, Lille ; il est pas drôle du tout, disait Victoire, il est toujours habillé comme un vieux et quand il sourit on dirait une grimace. (C'est lui, dans un grand sourire pourtant, une fierté de père davantage que de banquier, qui m'octroiera le prêt pour l'achat de cette maison humide et venteuse, un rêve de Bretagne, à Binic – à cause de François Truffaut –, où, alors que dorment ma femme et notre fils, j'écris mon « été de porcelaine » à moi.) Sa mère était *femme au foyer* ; une femme fragile que son propre sang avait failli empoisonner ; c'est d'elle que Victoire avait hérité cette peau diaphane ; d'elle les manières délicates, les gestes précis, comme s'ils devaient être les derniers ; d'elle ce sentiment absolu, dangereux – je le comprendrais plus tard – de l'amour, mais surtout du désir. Elle écrivait des poésies que son banquier de mari faisait publier à compte d'auteur ; des petits opuscules dont elle lisait et offrait les vers un après-midi par mois dans le salon de leur grande maison. Les mots rimeurs étaient accompagnés de thé et de gâteaux de chez Meert, et si les villageoises ne se régalaient pas toujours des phrases curieuses, des mots étonnants, éthérés parfois, pas plus que du déconcertant lyrisme de la poétesse, elles se repaissaient par contre des pâtisseries qui semblaient, elles, tenir de la vraie poésie, l'audacieuse, l'avant-gardiste : celle qui fait rimer *Mousse au chocolat et dragées / Brochette de guimauve et fruits frais.*

Victoire avait une grande sœur, Jeanne, une beauté de dix-sept ans mâtinée de quelque chose de sombre, de troublant ; qui m'effrayait et me fascinait à la fois ; quelque chose qui tenait de la chair, de ses vertiges, et si, quelquefois, dans le silence la nuit des larmes de ma mère, dans mes quinze ans pleins de sève, d'arrogance, pleins de naïveté, il m'arrivait de rêver de viande, de morsures, de sueur et de lait, c'est au corps de Jeanne que je pensais.

Mais c'est Victoire que j'aimais.

Une pimprenelle

*

Juillet fut là et la moitié du village prit la route du Touquet, de Saint-Malo ; l'autre de Knokke-le-Zoute ou de La Panne. Nous restâmes là, Victoire et moi. Ma mère travaillait sa comptabilité. Son père grimaçait en étudiant des demandes de prêts étudiants et sa mère trempait sa plume dans le sang qui avait failli la tuer pour en extraire des mots qui devaient, un jour, toucher le cœur du monde et bouleverser la mélancolie des résignés ; Jeanne était en Espagne, vivait de nuit, de Ponche Caballero et d'inconnus.

Nous avions pour voisins les Delalande. Ils étaient arrivés de Chartres deux ans plus tôt, en 1997. Lui avait été muté à Fretin, chez l'équipementier automobile Quinton Hazell ; elle avait retrouvé l'année suivante un poste d'enseignante à l'université Catholique, en exégèse biblique (corpus paulinien). Ils formaient un couple très beau, la quarantaine, sans enfants sans que l'on sache pourquoi ; lui un Maurice Ronet, doucement sombre ; elle une Françoise Dorléac blonde (oui mais non, pas Catherine Deneuve) ; elle le regardait avec des yeux de surveillante et d'amoureuse, de propriétaire en somme. Leur maison était l'une des seules du village à posséder une piscine et, bonnes relations de voisinage aidant, Gabriel, appelle-moi Gabriel, m'avait demandé M. Delalande, Gabriel donc m'en avait confié l'entretien, tandis qu'il

emmenait cet été-là Françoise Dorléac
sur la côte basque, au moins jusqu'au
début de septembre, dans le tumulte des
vents, les claques de l'océan, précisa-t-il,
comme pour nous rappeler à quel point
ici tout était plat, triste et sans issue.
Des vies déjà écrites ; des petits bonheurs
conformes. L'argent de l'entretien de la
piscine me permettrait d'acheter une
mobylette au jour de mes seize ans ; nous
en avions repéré une avec Victoire, une
Motobécane d'occasion, une « Bleue »
en bon état que vendait un retraité du
village ; nous nous rêvions déjà, assis sur
la longue selle de plastique rafistolée de
gros scotch noir, ses bras autour de ma
taille, ma main gauche sur les siennes,
son souffle dans ma nuque, en partance
pour une vie à deux.

Notre vie à deux commença là, cet été-là, au bord de la piscine de Maurice Ronet et de Françoise Dorléac.

*

Je l'attendais chaque matin près de chez elle. Et chaque matin, lorsqu'elle apparaissait, mon cœur de quinze ans s'emballait, sa grâce légère me ravissait ; j'étais prodigieusement heureux.

J'avais hâte qu'elle grandisse. Que se fissure le cocon de l'enfance, la cosse rose. Que coule le premier sang.

Elle pédalait vers moi, elle riait. Les émeraudes de ses yeux brillaient. D'une fenêtre d'étage, la poétesse me saluait, implorait : ne faites pas de bêtises ! suppliait : ramène-la pour le déjeuner ! puis

retournait à ses vers douloureux, son
sang d'encre, et nous étions alors seuls
au monde ; nous étions Victoire et Louis,
une promesse blonde, nous étions insé-
parables ; nous filions vers la Marque, la
rivière qui se déroule jusqu'à Bouvines
– oui, la bataille de juillet 1214, un
autre lieu de l'horreur des hommes –
et, lorsque, épuisés, nous nous laissions
tomber sur le sol, je lui tressais des
alliances d'herbe qu'elle enfilait en riant
à ses doigts fins, je comptais le nombre
d'enfants dans le pli de son auriculaire,
mais je ne t'épouserai jamais, disait-elle,
et lorsque je lui demandais pourquoi elle
répondait parce que tu ne serais plus mon
meilleur ami ; je cachais ma blessure, je
protestais : si, si, je resterai toujours ton
ami, toute ma vie, alors elle baissait les

yeux, non, quand on s'aime d'amour, on peut se perdre et je ne veux jamais te perdre, Louis. Puis elle bondissait comme un cabri, remontait en selle, le dernier arrivé est une poule mouillée ! L'enfance me la disputait encore, l'enfance me la reprenait, alors je ravalais mes désirs de garçon, de petit homme ; j'apprenais la patience, cette longue, longue et consternante douleur.

Lorsque nous rentrions à l'heure chaude du déjeuner, sa mère pâle nous avait préparé une dînette comme elle l'appelait, à l'ombre du grand tilleul du jardin : jambon, macédoine de légumes, limonade ; parfois une goyère lorsque le temps fraîchissait ; du pain perdu pour le dessert ou une mousse au chocolat. J'aimais les moustaches que le cacao dessinait aux lèvres de Victoire, je rêvais de les effacer avec ma langue tandis que plus bas, dans mon pantalon, le sang affluait, tourmenté et tumultueux, transformait mon pénis en sexe d'homme, gourmand, affamé, alors je baissais les yeux ; le plaisir et la honte mêlés.

L'après-midi, nous étions au jardin de Françoise Dorléac et de Maurice Ronet, qu'elle n'avait d'ailleurs aperçu qu'une fois, mais cela avait suffi pour qu'elle le trouve beau ; « désespérément, mortellement beau ».

À l'aide de la grande épuisette, j'enlevais les feuilles qui flottaient à la surface de l'eau. Une fois par semaine, je vérifiais consciencieusement le pH de l'eau avec un testeur colorimétrique, m'assurais que son taux s'établissait bien autour de 7,4 et, surtout, Victoire et moi nous baignions.

Parfois nous faisions la course sur quelques longueurs ; elle avait un dos crawlé ravissant dont les mouvements de bras tenaient davantage de la grâce d'une patineuse que de la fougue d'une nageuse.

Parfois je nageais sous l'eau, lui attrapais les pieds, j'étais un requin, une sorte de petit *Dents de la mer*, elle criait, elle riait, simulait l'effroi et son rire s'envolait haut et retombait dans mon cœur ; je l'attirais alors à moi, dans les profondeurs claires, je voulais couler, couler avec elle ; une descente sans fin, comme dans *Abyss* ; trouver ce lieu qui est le paradis, l'endroit de tous les pardons possibles ;

mais nous remontions toujours, au bord de l'asphyxie, terrifiés et vivants.

Parfois nous jouions au ballon, mais sa maladresse le laissait souvent s'échapper et je devais sortir de l'eau, courir au fond du jardin pour le récupérer ; elle me suivait des yeux, se moquait, alors je replongeais dans l'eau, les pieds chaussés d'herbe coupée, dans un mouvement impressionnant, pour l'impressionner, et elle levait les yeux au ciel, si désabusée déjà. Ses yeux étaient rouges, comme ceux des femmes qui pleurent, ses cheveux bouclés et mouillés dessinaient une couronne sur son front.

Elle était ma princesse. Elle était le grand amour de ma vie.

Un jour je te laisserai m'embrasser, murmura-t-elle un après-midi, avant de nager jusqu'à l'échelle ; une petite brasse élégante qui dessinait un chemin de lumière.

Nous laissions les rayons du soleil nous sécher, allongés l'un contre l'autre sur la plage de bois qui cernait la piscine. Elle portait des lunettes de soleil trop grandes, comme celles d'Audrey Hepburn ; un maillot de bain deux-pièces ; le haut, charmant, masquait deux doux renflements, et, lorsqu'elle l'ôtait pour remettre sa robe, elle me demandait de me retourner, me faisait jurer de ne pas regarder, sinon je te tuerai, je te haïrai toute ma vie, et je riais fort et mon rire l'énervait alors elle s'enfuyait, me laissant là seul, dans ce jardin ; notre Éden. Là où se cache le serpent.

*

Ma mère s'inquiétait. Elle eût voulu
que j'aie des amis de mon âge, des garçons ; que j'aie les genoux en sang le
soir de m'être battu, les joues rouges
d'avoir trop couru. Elle eût voulu des
polos arrachés, des cabanes dans les
arbres, des chutes, des échardes, des clous
rouillés, des ambulances, des frayeurs de
mère et des résurrections. Elle eût voulu
pour moi une adolescence rugueuse,
du papier de verre ; elle redoutait que
l'absence de père ne fasse de moi une
« chiffe molle ». Elle m'essaya au judo,
mais après la méchanceté crasse d'un vio-
lent *kuchiki-daoshi* d'une ceinture verte

que j'avais, semble-t-il, regardée avec trop
d'insistance – j'avais juste été admiratif –,
je renonçai. Elle m'inscrivit au club de
foot junior ; mon incompétence me valut
d'être raillé et confiné au banc de touche
d'où l'entraîneur ne me faisait sortir, dans
les dernières minutes de jeu, que lorsque
ma mère assistait au match. J'étais un
enfant qui parlait peu. Je me méfiais de la
brutalité ; des gestes des autres, à l'école,
qui salissaient. Qui balafraient. Les garçons ne m'intéressaient pas. Je préférais
la douceur du silence, la manière élégante qu'avaient les filles de murmurer
des secrets, de rougir en dessinant le
monde, en tissant leurs toiles ; j'aimais
ces mystères-là. Alors parfois les élèves
me moquaient, me poussaient, dans les
couloirs, les escaliers ; un jour l'un d'eux

osa un *Louise* qui me blessa, un autre, un
grand, chercha le coup de poing, bats-
toi ! Bats-toi si t'es un homme ! Allez !
J'avais haussé les épaules et sa force
s'était soudain écrasée dans ma poitrine,
il y avait eu des rires mais je n'étais pas
tombé pas tombé mes yeux piquaient
mais je ne pleurai pas je protégeai mon
visage il ne fallait pas que ma mère voie
les outrages ait peur s'inquiète pleure crie
le mort qui nous réunissait qui manquait
et dont l'absence m'avait légué cette douleur cette grâce féminine qui donnait à
voir l'invisible beauté des choses. Plus
tard, quand Victoire serait partie, je me
jetterais dans la mêlée des hommes ; sur
les terrains de sport, je plongerais sous les
coups qui font mal, qui anéantissent la
tendresse et l'inexacte douceur des senti-

ments ; chaque fois je prierais pour que soit défigurée, fracassée cette part de mon enfance.

Mais la violence ne triomphe pas de tout.

Tu ne peux pas passer tout ton temps avec Victoire, répétait ma mère, ça ne se fait pas ; ça fait deux ans que vous êtes toujours fourrés ensemble et je te rappelle que c'est encore une petite fille et que toi, tu es presque un homme. J'ai quinze ans maman, c'est pas vraiment un âge d'homme. J'ai eu un frère, je sais ce que c'est, affirma-t-elle. Il te faut des amis. C'est elle mon amie. Mais qu'est-ce que vous faites toute la journée ensemble ?

— J'attends.

J'attends qu'elle grandisse. J'attends qu'elle puisse poser sa tête sur mon épaule. J'attends que sa bouche tremble lorsque je m'approcherai d'elle. J'attends les parfums qui diront viens, tu peux me rejoindre maintenant. J'attends de pouvoir lui dire les mots dont on ne revient plus ; les mots qui creusent le sillon d'une vie et peuvent conduire au plus grand des malheurs. J'attends qu'elle m'attende, maman ; qu'elle me dise oui ; oui, je vais porter ton alliance d'herbes et je serai à toi.

— J'attends.

Alors ma mère me prit dans ses bras, me serra, à m'en étouffer, à me faire rentrer en elle comme au temps où nous étions trois, où il ne pouvait rien arriver de mal, pas de cœur dégoupillé, pas de voiture rouge ; elle murmura tu es comme lui Louis, tu es comme ton père.

Une pimprenelle

*

Pour le dernier 14 Juillet du siècle, le banquier emmena la poétesse de porcelaine et leur fille au Touquet.

Victoire m'invita. Nos mères acceptèrent. Rends-moi fière de toi, dit la mienne ; je suis tellement humiliée de ne pouvoir t'y emmener cette année ; je sais maman, ce n'est rien ; j'ai peut-être un rendez-vous, fin août, tu sais ; maman, je t'ai dit que ce n'était rien ; un rendez-vous, pour un travail.

Deux heures de voiture et nous fûmes arrivés. La digue était noire de monde ; vélos, skates, trottinettes et poussettes. Cris. Barbes à papa. Crêpes et gaufres dégoulinant de Nutella. Du bonheur sucré, à la petite semaine. Des congés mal payés. Un frisson de pauvre.

Sur la plage, posés çà et là, des petits abris de toile contre le vent, des familles serrées, pour ne pas s'envoler ; à quelques mètres d'eux, des bâtisseurs de sept, huit ans, des seaux de sable humide renversés, des tourelles, des donjons, des rêves qui n'atteignaient aucune étoile, jusqu'à la fatigue, la colère soudaine qui fait tout écraser. Au loin, quelques chars à voile filaient au bord de l'eau ; des cavaliers tranquilles, au pas. Nous nous installâmes sur la plage, à la hauteur de l'avenue Louison-Bobet ; il y a moins de monde par ici, dit la poétesse, je serai mieux pour lire. Le banquier planta un grand parasol jaune dans le sable pour

protéger la peau délicate de la lectrice
(*Lettres à un jeune poète*, Rilke, Rainer,
Maria, j'adore, murmura-t-elle) ; déplia
deux fauteuils Trigano en toile bleue,
deux flaques d'eau, et ils s'installèrent
– des petits vieux soudain ; elle regardait les mots, il regardait la mer, leurs
regards ne se croisaient plus. Les désillu-
sions l'avaient emporté, avaient gangrené
le désir. Victoire me prit la main, se mit
à courir en criant, on va se balader, on
revient ! Nous courûmes vers le golf, les
dunes, ces endroits où les enfants échap-
pent aux surveillances, et, dans un coin,
à l'abri de tout, nous nous allongeâmes
côte à côte sans avoir encore lâché nos
mains. Nous haletions en rythme ; et
j'imaginais nos cœurs, à la même vitesse,
le jour venu. Je tremblais.

Puis, lentement, nos poitrines se firent plus calmes.

Tu te rends compte, dit-elle, que dans six mois c'est peut-être la fin du monde, on sera peut-être tous morts. Je souris. Peut-être. La fin du monde ! La fin de toi, de moi, la fin de la blague idiote de mon père avec mon prénom ; la fin, la fin, la fin, en tout cas, il y a des gens qui l'ont annoncée. Il y en a même qui préparent leur dernier réveillon, dans un désert par exemple. C'est nul. Moi je ne trouve pas. Tu ferais quoi si c'était la fin du monde ? Je rougis un peu ; elle ne le vit pas. Je ne sais pas ; je ne crois pas que ce sera la fin du monde. Tu dis ça parce que tu es amoureux de moi et que si c'était *vraiment* la fin du monde, tu aurais été amoureux pour

38

rien. Je fus piqué ; saloperie de guêpe. Pas du tout ; je suis très heureux avec toi comme ça, très heureux comme on est. Tu ne voudrais même pas m'embrasser ? Les garçons veulent toujours embrasser les filles, et les peloter aussi. Mon cœur s'emballa. J'avais, de dos, la dégaine d'un homme et une crevette de treize ans me faisait vaciller. Si ; dis-je. Si. Si c'était la fin du monde, la dernière chose que je voudrais avoir, ce serait ça. Ça quoi ? minauda-t-elle. Un baiser. Un petit rire clair s'envola d'elle. Tiens. Elle se tourna vivement ; sa bouche écrasa la mienne, nos dents s'entrechoquèrent, nos langues se goûtèrent une seconde, elles étaient salées, puis ce fut tout ; déjà elle était debout, elle riait, c'est pas la fin du monde un baiser, quand même ! puis elle disparut derrière la dune, comme un bout de papier, une plume. Et j'eus envie de pleurer ; des larmes, mais avec la brûlure de l'acide.

Je la rejoignis sur la plage. La mer se retirait. Victoire remontait vers le nord, là où ses parents n'attendaient plus rien ; dans le vent, les cris ridicules des mouettes ; ces moqueries. Lorsque je fus à sa hauteur elle me regarda, son sourire était triste et doux : je ne sais pas si je suis amoureuse de toi. Je veux dire je suis bien avec toi, super bien même, je voudrais toujours être comme ça, mais ce n'est pas être amoureuse. J'aurais voulu parler mais elle m'en empêcha : l'amour c'est quand on peut mourir pour quelqu'un. Quand on a les mains qui piquent, les yeux qui brûlent, quand on n'a plus faim ; et j'ai pas les mains qui piquent avec toi.

Son enfance m'assassinait. Je mourais.

C'est quand on est grand, ça, les mains qui piquent, les yeux qui brûlent.

Non, dit-elle, c'est quand on est amoureux ; et elle s'en fut rejoindre le banquier, la lectrice de Rilke ; un monde sans moi.

J'eus alors une sorte de chagrin d'amour sans amour. Une petite fille de treize ans me quittait – sans que nous ayons jamais été ensemble.

Je me souvins de la première fois où je l'avais vue. À la bibliothèque pour tous, rue du Maréchal-Leclerc. J'étais venu récupérer des bandes dessinées (*Le Pays des elfes*, tomes 30 et 31). Elle était déjà là, avec sa mère qui cherchait désespérément les œuvres d'un poète du nom d'Henri Michaux, mais il n'y a rien ici, ce n'est pas une bibliothèque, c'est une blague, s'énervait-elle ; mais qui lit encore de la poésie madame, de la poésie ! À Sainghin-en-Mélantois ! Mettez-vous plutôt au roman policier, tenez, avec le personnage de ce livre il y en a de la poésie, de la rédemption, des noirceurs, des âmes qui se fracassent. Victoire me regardait du haut de ses onze ans, amusée par le ton des adultes, gênée par celui de sa mère. Elle avait des yeux incroyables, je n'appris que plus tard qu'ils étaient de l'exacte couleur de l'émeraude. Elle s'approcha prudemment. Tu lis quoi ? Oh, des trucs avec des elfes, des trolls, des loups, des hommes méchants. Des trucs de garçon quoi, lâcha-t-elle en riant, et je vous jure que son rire, à cette seconde-là, était un rire de femme, un rire qui savait les désastres qu'il com-

mettrait ; je fus blême, balbutiai, et toi ?
Moi je n'aime pas lire, j'aime qu'on me
raconte des histoires ; j'aime fermer les
yeux et me laisser emporter. Victoire !
appela sa mère. Elle haussa les épaules :
tu as de la chance, tu n'as même pas à me
demander mon prénom ; c'est toujours
idiot quand un garçon demande son nom
à une fille, c'est tellement mieux quand
il le devine.

Onze ans.

Elle rejoignit sa mère et ce fut une
bénédiction parce que j'eus chaud soudain, parce qu'un filet d'eau glaciale
lacérait mon dos, parce que j'aurais été
incapable de prononcer un seul autre
mot, parce que mon cœur, comme la
grenade de mon père, venait d'exploser.

Une pimprenelle

*

Ma mère s'inquiéta à mon retour du Touquet. Les mères sont des sorcières ; elles savent les dégâts des filles dans les cœurs de leurs fils. Elle ne parla pas. Ne m'interrogea pas. Elle resta là, près de moi, au cas où ; et lorsqu'un soir mes larmes jaillirent, elle me prit dans ses bras, comme avant, au temps du malheur de l'automobile rouge ; ses bras étaient chauds et doux ; ils accueillirent mes larmes, mes premières larmes d'homme, elle ne les essuya pas ; c'est beau un homme qui pleure, chuchota-t-elle, il rend le monde plus précieux.

Une pimprenelle

Quelques jours plus tard, lorsque j'entrai dans le jardin de Gabriel-Maurice Delalande-Ronet, Victoire m'attendait.

*

Elle était assise au bord de la piscine, les pieds dans l'eau ; deux petits poissons roses. Elle portait une chemisette blanche sur son maillot de bain, et toujours ses lunettes à la Audrey Hepburn qui lui donnaient l'air d'une petite grande personne. Pour la première fois je lui vis des ongles garance, dix petites gouttes de sang ; dans son cou je perçus pour la première fois une note de civette, de vanille, un brin de néroli, ce parfum que portent les Lilloises des rues chics. Et les Parisiennes de n'importe quelle rue.

Nous ne prononçâmes pas un mot.

Je vins m'asseoir à côté d'elle et, comme elle, jetai mes deux poissons maladroits à l'eau. Ils nagèrent un moment de façon circulaire, comme ceux de Victoire ; puis les cercles s'agrandirent et nos curieux petits poissons se frôlèrent dans la pesanteur liquide, se touchèrent, un petit ballet aquatique ; je fis en sorte que les miens caressent les siens, s'épousent un instant dans l'intimité de l'eau. Elle sourit. Je baissai la tête, souris aussi. Les parties de nos corps les plus éloignées de nos cœurs faisaient connaissance.

Pour la première fois alors, j'osai m'aventurer dans le vocabulaire des doigts : ma main s'approcha de la sienne à la vitesse lente de cinq petits orvets, et lorsque mon auriculaire effleura son auriculaire, sa main bondit, comme un criquet qui s'apprête à être gobé, atterrit sur son ventre, sur la chaleur de son ventre, et il me sembla qu'il y eut un instant de silence autour de nous, comme au cinéma avant une scène d'horreur.

Je la regardai. Elle releva son beau visage. Ses yeux m'évitèrent. Sa voix était faite de rocailles soudain. Je ne peux plus jouer aux *Dents de la mer* avec toi, Louis. Ni au water-polo idiot, même si tu es drôle quand tu fais la bombe pour m'impressionner. J-Je, tentai-je. Je ne suis plus une mignonne petite fille, m'interrompit-elle en singeant la voix de certaines dames qui venaient écouter les poésies et manger les gâteaux de sa mère ; plus une mignonne petite fille. Et puis toi, et puis... *toi*... et elle retira allégre-

ment ses deux poissons de l'eau, ramena
ses jambes contre elle dans un mouvement qui me sembla alors être d'une
perfection rare, plus tard d'une élégance
mozartienne ; et je compris.

Ce qui devait nous unir nous désu-
nissait. Un filet de sang nous arrachait
l'un à l'autre. J'eus le sentiment qu'à cet
instant elle me faisait sortir d'elle, moi
qui n'y étais jamais entré ; qui toutes ces
années étais resté patient, contemplatif,
dans l'antichambre de son cœur. Quand
elle se tut, je n'eus la force d'aucun mot,
d'aucune colère. Je découvris le chagrin,
l'immense chagrin des hommes, moi le
dégingandé de quinze ans, l'amoureux
sans mots d'amour, le rêveur sans chairs.
J'aurais voulu que mon corps soit poussé
dans la piscine, ne se débatte pas, s'en-

fonce ; que l'eau pénètre ma bouche, mon nez, mes oreilles, mon anus, et m'inonde et m'étouffe et me tue ; j'aurais voulu être mort à ses pieds, ma princesse, moi que son premier sang éclaboussait et lacérait.

Je me levai ; Dieu que mon corps fut lourd à cet instant. Il venait de perdre la grâce de l'enfance, de se dépouiller de son attendrissant déséquilibre. J'attrapai l'épuisette et commençai à nettoyer la surface de l'eau. J'y capturai une feuille de prunier, des pétales de rose, quelques insectes moribonds et mes rêves, tous mes rêves. Plus tard, Victoire se leva à son tour ; elle contourna la piscine pour venir me rejoindre, se colla à mon dos, ses bras entourèrent ma poitrine, comme elle l'aurait sans doute fait sur la « Bleue » si nous avions foncé (à cinquante-cinq kilomètres-heure) vers cette vie à deux, vers ces bouts du monde faits de petits matins heureux. Nous restâmes longtemps ainsi. Nos corps respiraient au même rythme. Nous ne fûmes plus qu'un. *Victoirelouis. Louisvictoire. Elleetmoi.* Un instant de parfait bonheur, insubmersible. Un souvenir pour une vie entière ; je compris soudain ma mère. Puis, lentement, comme l'eau se retire, ses bras relâchèrent leur étreinte ; les dix gouttes de sang s'évanouirent. Elle déposa le bruit d'un baiser dans mon dos, et ce fut tout. Je ressentis alors son vide immense et, lorsqu'elle s'éloigna, mes premiers mots d'homme jaillirent : je vais grandir vite, je te le promets.

Et quand je viendrai, je te dirai ce qui rend une femme amoureuse.

*

Fin juillet, les aoûtiens s'en allèrent. Sainghin se vida. Ceux qui ne partaient plus depuis longtemps s'accrochaient au zinc du Café du Centre, buvaient des poisons qui les faisaient tituber et parlaient de bateaux, de tempêtes, de fantômes, de lieux où ils étaient allés, pour une guerre ou pour une fille, une Tonkinoise mon gars, avec un corps de déesse, ah, et une petite Arabe plus tard, une sauvageonne avec des yeux de nuit, ah oui, on pourrait faire un film de tous mes souvenirs, ah ça oui, tiens remets-moi un canon l'Jeanneot ; quelques femmes qu'aucun

marin n'avait jamais ravies passaient la
journée assises sur les chaises, près de la
vitre du café, comme dans la désolation
d'un port ; elles portaient à leurs lèvres de
minuscules verres d'alcool blanc qu'elles
lapaient, avec des sons mélancoliques de
petits baisers humides ; parfois leurs yeux
s'abaissaient à la lecture d'un fait divers
dans le journal, une horreur qui leur faisait supporter le vide de leur vie.

Le 31 juillet, il y eut un cambriolage,
allée de la Seigneurie, mais le(s) voleur(s)
ne pri(ren)t qu'une commode Louis-XV :
la police mit alors le larcin sur le compte
d'une vengeance familiale, un héritage
qui aurait mal tourné, de l'amour mal
réparti.

Ma mère envisagea d'inviter le banquier et la poétesse afin de les remercier

de m'avoir emmené au Touquet le dernier 14 Juillet du siècle ; elle imaginait un
barbecue dans le jardin, et du bon rosé,
ça met tout le monde de bonne humeur
le rosé. Je tentai de l'en dissuader : ce
n'est pas une bonne idée maman, sa mère
est malade, elle a des problèmes de sang,
peut-être mais ça n'empêche pas de manger, les problèmes de sang, répliqua-t-elle,
la viande, elle ne peut pas en manger, ça
l'empoisonne, ça empoisonne son sang,
argumentai-je. Elle contre-argumenta :
des légumes alors, des légumes grillés,
c'est bon pour le sang ça, et pour le tran-
sit ; arrête maman, s'il te plaît… Victoire
et moi on ne se voit plus trop, je l'avais
remarqué, les mamans ont des yeux en
plus, tu sais ; je me demandais juste com-
bien de temps tu allais attendre avant

de me le dire. Je sais bien que tu as du chagrin, et je t'ai dit aussi que tu avais le droit de pleurer, Louis, que les larmes d'un homme, c'était beau.

Elle noya mon chagrin dans le souvenir de leur rencontre.

Je n'étais pas du tout attirée par ton père figure-toi ; et même si je lui plaisais bien, je le trouvais assez inintéressant, même sa cour était inintéressante : une invitation à prendre un café, à visionner la cassette d'un vieux Truffaut, j'adorais *Jules et Jim*, ou à écouter les vinyles des Ronettes dans sa chambre d'étudiant. J'avais dix-neuf ans, je rêvais d'inattendu, comme toutes les filles ; je rêvais d'être forcée, kidnappée. J'étais attirée par un grand blond à lunettes qui voulait devenir écrivain. On se croisait à la terrasse d'un café, où il noircissait des pages de cahier. Mais je me suis vite rendu compte que les écrivains n'aiment que ce qu'ils écrivent, et seulement les femmes de leurs livres, même si, à la fin, au nom de leur petite tragédie orgueilleuse, ils s'en débarrassent ; ils les jettent toujours. Alors j'ai pensé que je finirais vieille fille.

Et puis j'ai commencé à recevoir des fleurs. Mais je ne savais pas de qui. Chaque jour une fleur différente. Je trouvais ça idiot au début, une fleur différente chaque jour. Un lys. Une rose. Une pivoine. Un dahlia. Et le dernier jour, j'ai reçu un livre sur le langage des fleurs. J'ai regardé le sens de chacune de celles qu'on m'avait envoyées : elles formaient les mots d'une phrase d'amour. C'est comme ça que ton père a commencé à pousser dans mon cœur. Et lorsqu'il est venu m'attendre au lendemain du livre, avec sa vieille Alfa Romeo rouge qu'il adorait, je me suis laissé cueillir. Je me suis assise à côté de lui et je savais. Quand il a démarré, je savais que j'étais arrivée. J'étais là où je devais être, à côté de lui, collée à lui. *Luietmoi*. Le jour où il est mort, il allait acheter des fleurs. Cela faisait cinq ans jour pour jour que je m'étais assise à côté de lui.

Ces fleurs ; mon héritage.

*

Il fit très chaud.

8 à Huit vendit des piscines gonflables (ce qui ne s'était jamais vu à Sainghin-en-Mélantois, où il pleut cent cinquante

jours par an), à prix d'or, bien entendu : vous comprenez, tout le monde me les demande, on a du mal à s'approvisionner, on est déjà sur les produits de la rentrée des classes. Les gens se plaignaient de la chaleur, les gens se plaignent toujours, ils ne soupçonnaient pas l'été qui les attendrait en 2003.

Il fit très chaud. Je passais mes journées allongé sur un matelas de plastique au méchant motif de tortue, flottant dans la piscine du voisin. Les niveaux de chlore et de sel étaient parfaits, la température de l'eau était parfaite, le bleu du ciel était parfait ; la vie était parfaite.

Mais ce qui est parfait ne dure jamais.

Je sentis alors l'ombre. La fraîcheur de l'ombre. Je pensai qu'un nuage venait de griffer le ciel, masquer le soleil. J'ouvris un œil. Maurice Ronet était là. Immense. Immensément beau. Bronzé. Il me regardait en souriant. Je tentai de m'asseoir mais tombai misérablement dans l'eau. Gabriel rit et son rire aussi était beau. Je vois que tu prends bien soin de ma piscine. Elle est impeccable, monsieur. Gabriel. Gabriel. Vous êtes rentrés ? Vous deviez rentrer début septembre. Il me tendit la main alors que je m'approchais du bord, je m'y agrippai, il me souleva avec la force d'un père. Moi, je suis rentré. Je suis rentré seul. Elle est partie. Un matin elle n'était plus là. Françoise Dorléac avait-elle été emportée par les tumultes des vents basques ? Une vague violente, possessive ? Pourquoi pensai-je un instant qu'il l'avait peut-être poussée ? Une femme n'abandonne pas un homme si beau. Je frissonnai, attrapai ma serviette, me séchai. Il haussa les épaules. Ce sont des choses qui arrivent. Je sais, murmurai-je, les femmes nous quittent. Il me donna l'argent qu'il me devait (mais du fait de son retour prématuré, il me manquait quinze jours de salaire pour avoir de quoi acheter la « Bleue », y remplacer la longue selle biplace par une selle unique) ; il lut ma mine, me proposa alors de continuer à venir tous les jours m'occuper de sa piscine, si tu veux, jusqu'à la rentrée des classes. Ça te dit ?

Oui.

*

Je passais désormais mes journées à la maison. Dans la matinée, je lisais des bandes dessinées dans l'ombre des arbres ; ma mère y apprenait les règles de la comptabilité en fumant ; la nicotine, ça m'aide, c'est bon pour la concentration, disait-elle. Nous formions, elle et moi, un petit couple sage, sans trop d'illusions. À l'heure du déjeuner, j'allais m'occuper de la piscine de Gabriel, puis m'éloignais parfois, jusqu'au mont des Tombes où nous allions autrefois Victoire et moi : nous laissions alors nos vélos à la lisière du champ et courions jusqu'au célèbre tumulus. Nous imaginions les ossements, les morts qui y reposaient depuis plus de deux mille ans, inventions leurs histoires et, en imaginant leurs vies, nous essayions d'écrire la nôtre. Puis je rentrais, plus triste encore.

C'est le silence / Qui se remarque le plus, chantait Cabrel dans *Hors Saison*.

La nuit, dans ce silence qui se remarque le plus, je pensais à elle. Et comme pour les gens qui meurent se déroulait devant mes yeux le film de notre courte vie : ces promesses, ces peurs d'enfant qui deviennent la chair même du désir lorsqu'on grandit, ces rires qui avaient la légèreté de l'amour des corps, tous ces rêves que l'on fait seul pour deux. J'avais rêvé de choses qu'elle ne me réservait pas ; j'avais été un frère, un ami, un amoureux de pacotille, jusqu'au sang maudit ; j'avais été un confident, jamais un cœur possible.

J'essayais de trouver une phrase que j'aurais pu lui écrire avec les fleurs de mon père mais ses mots manquaient.

C'est pour les lui offrir un jour qu'une fois adulte j'ai voulu devenir écrivain. Ma victoire.

*

Le mardi 10 août, cet été-là, alors que j'attrapais un oiseau mort qui flottait à la surface de l'eau, ses petites ailes déployées, étrangement articulées, Gabriel me fit un signe de la fenêtre du salon. Il n'était pas seul, mais il n'était pas non plus avec Françoise Dorléac. Françoise Dorléac n'était pas revenue. Non ; c'en était une autre déjà, une autre probablement ; un homme aussi beau ne reste jamais seul longtemps ; celle-ci avait des boucles blondes, leur éclat de blé me rappela celles de Victoire. Il se tenait debout face à elle ; il parlait, parlait, et de temps en temps, dans un mouvement las, terriblement élégant, la petite tête blonde penchait sur le côté.

*

Le mercredi 11 août, vers 16 heures, je trouvai Victoire allongée sur le ventre près de la piscine, sur une grande serviette blanche. Le haut de son maillot de bain était détaché. Elle ne sursauta pas lorsqu'elle entendit mes pas sur le bois. Son dos nu avait l'exacte couleur dorée des pains au lait ; il brillait par l'effet de l'huile solaire ; sa peau devait être chaude, mon cœur s'emballa. Elle tourna tout doucement le visage vers le bruit de mes pas, comme si elle m'attendait, m'espérait ; tout doucement, comme si elle ne voulait pas dévoiler son visage trop vite, son sourire peut-être, dénuder son plaisir, avouer la douceur grisante de l'attente, mais lorsqu'elle me reconnut, un cri s'envola de sa gorge, un effroi aigu ; une terreur pointue, mélangée de rage ; mais qu'est-ce que tu fais là ? demanda-t-elle en se redressant, l'air mauvais, en dissimulant sa poitrine nouvelle dans le coton blanc, sa chair cuivrée, d'un geste virtuose de prestidigitatrice. Toi, qu'est-ce que tu fais là ? exigeai-je à mon tour. Je fais ce que je veux, lâcha-t-elle, pincée. Tu n'as rien à faire ici ! C'est toi qui n'as rien à faire ici ! Je te signale que je suis chargé de l'entretien de la piscine ! Je te signale qu'il m'a permis de venir si tu veux tout savoir, de venir quand je

voulais, qu'il soit là ou pas. Ça m'éton-
nerait. T'as qu'à lui demander si tu ne
me crois pas. C'est ce que je vais faire.
Elle fut debout soudain, et bien que je la
dépassasse de trente centimètres, elle me
toisa avec cette terrifiante arrogance qu'il
me serait donné plus tard de croiser dans
le regard de certaines femmes, de celles,
comprendrais-je alors, qui aiment jouer
avec le feu et s'y brûler.

Tu ne comprends rien, me lança-t-elle
avant d'arracher au sol la brassière de son
maillot, rien de rien ; et de disparaître.

*

Le jeudi 12 août, je retournai à la piscine à la même heure, espérant l'y trouver, lui faire oublier ma naïveté de la

veille ; j'ai compris ; j'ai compris Victoire, il y avait une Victoire de treize ans, elle est morte désormais, et lui caresser le dos et les jambes et la nuque, entrer sans frapper, être un ravisseur comme avait dit ma mère à propos des hommes qui veulent conquérir des femmes ; mais le jardin était désert.

Je fis mon travail rapidement : l'eau était propre – pas de feuilles, pas d'oiseau, pas de sirène dorée –, et je rentrai.

Dans la fin de l'après-midi, ma mère me fit l'interroger sur les dépréciations d'un actif non amortissable, le modèle du TFR et l'article R.123-179 ; je lui mis un 20/20, et pour fêter ça, nous allâmes dîner à Lille, à La Cave aux Fioles, fondue d'endives, glaces à la genièvre et à la chicorée ; ma mère était belle, deux hommes la regardèrent, l'un me sourit et nous rîmes ; *elleetmoi*. J'étais mon père et j'étais moi ; j'étais sa fierté. Elle ne m'interrogea pas sur Victoire. Elle me raconta ce qui m'attendait en seconde, dans quelques semaines ; un nouveau lycée, de nouveaux amis, de nouvelles matières, elle avait confiance. Et toi, quand je ne serai plus là ? Elle sourit. Merci mon chéri, c'est gentil mais ne t'en fais pas pour moi, ton père m'a laissé du bonheur pour une vie entière.

*

Le lendemain, la silhouette blonde était de nouveau là, dans le salon. Les reflets sur la vitre me la cachaient. Gabriel était assis face à elle. Il me sembla qu'il essayait de la convaincre de quelque chose. Mais la tête dorée faisait non, non ; obstinément. Un métronome blond.

*

Le samedi 14 août, j'entendis la voix de Gabriel avant même de le voir. Il était dehors, il criait. Lorsque je l'aperçus, j'étouffai un cri : Victoire se tenait debout face à lui. Elle était entièrement nue. Un parfait petit Maillol. Il la gifla. Elle le toisa un instant avant de ramasser ses affaires et s'enfuit en pleurant en criant elle aussi vous ne comprenez rien vous ne comprenez rien et lorsque Maurice Ronet vit que je les avais vus tous les deux il cria alors mon nom Louis Louis viens reviens mais je m'enfuis à

mon tour viens ce n'est pas ce que tu
crois Louis pas ce que tu crois et ma
voix hurla Victoire Victoire et fila haute
et légère Victoire Victoire pour rejoindre
mon amie celle que j'aimais que j'aimais
d'amour.

*

Le dimanche matin il ne se passa rien,
et dans l'après-midi, dans le silence ouaté
des corps avachis dans les jardins, des
corps abrutis par l'alcool des vins blancs,
des vins roses, des vins trop frais que l'on
boit comme de l'eau, les corps immobi-
lisés par l'épuisante digestion, couvrant
les quelques rires des enfants qui jouaient
avec des tuyaux d'eau, les sirènes de deux
voitures de police déchirèrent la torpeur

avec la même violence qu'un coup de feu la nuit dans une chambre voisine. Nous nous regardâmes, ma mère et moi : les sirènes étaient très rares par ici ; parfois le vent nous en apportait la musique, venue de l'autoroute, de l'autre côté. Celles-ci furent plus fortes, plus près, tout près ; puis elles furent là. Je me précipitai. Les deux voitures pilèrent à quelques mètres de notre maison. Cinq hommes en descendirent, les portières claquèrent. Une seconde après ils sonnaient à la porte de Gabriel Delalande. Il arriva un instant plus tard, par-derrière, venant du jardin. Il était en maillot de bain, il enfilait une chemise et, avant qu'il n'ait eu le temps de dire quoi que ce soit, deux policiers l'attrapèrent chacun par un bras. Vous êtes Gabriel Delalande ?

Une pimprenelle

Quelques minutes plus tard, après qu'on lui eut juste laissé le temps de mettre un pantalon, ses chaussures, il fut précipité à bord de l'une des deux autos ; lorsqu'elles démarrèrent en trombe, je poussai un cri de terreur, ma mère me serra contre elle, me retint, retint ma chute ; c'était un cri de douleur dont je n'imaginais pas qu'elle eût pu être aussi violente mais les sirènes l'étouffèrent ; et mon cri m'étrangla.

Bien sûr, nous ne sûmes pas tout de suite ce qui s'était passé.

Le silence insupportable laissa place aux conjectures nauséabondes. On entendit que Gabriel Delalande avait abusé de l'enfant. Un bel homme comme ça, ça a toujours faim, je vous le dis, moi. Violée. Qu'il avait voulu la kidnapper. Un homme dont on sait très peu de choses finalement. On entendit que Victoire s'était coupé les veines avec des ciseaux. Qu'elle avait avalé des boîtes entières des cachets que prenait sa mère ; Valium,

Mogadon, Prozac, Asaflow ; une poétesse, rendez-vous compte, ça fait attention à ses mots, pas à ses médicaments, pff, si c'est pas une tristesse tout ça. Une si jolie gamine. Et ainsi de suite, toutes les angoisses des uns, toutes les frayeurs des autres pour conjurer le mauvais sort ; *ce qu'il y a de bien dans le malheur*, chantait Léo Ferré, *c'est que c'est toujours le malheur des autres.*

Je fis en vain le siège de la maison de Victoire. Les volets étaient clos. Une lumière parfois s'allumait derrière celui de sa chambre. Même le banquier ne sortait plus de sa maison de briques orange. Je passai là toute la journée du lundi, la nuit entière. J'étais un chien fidèle, alangui sur la tombe de sa maîtresse ; mais un mauvais chien puisque je ne l'avais pas protégée, pas sauvée. Au matin du mardi, ma mère vint m'apporter un Thermos de chocolat chaud et deux gros croissants au beurre. Elle s'assit à côté de moi, dans l'herbe humide. Elle eut un petit sourire triste en me dévisageant. Tu as l'air épuisé, Louis. J'inspirai fort ; je crânais : ça va maman, je ne suis pas fatigué. Je me brûlai les lèvres au chocolat moussu, épais, si rassurant, dévorai les croissants gras ; quel bonheur. Gabriel est rentré ce matin, chuchota-t-elle. Je sursautai. Et Victoire va bien maintenant. Il ne lui a rien fait. Il ne l'a pas touchée. Il lui a juste donné une gifle, comme un adulte le fait parfois avec un enfant qui fait une bêtise. Pour marquer une limite. Une bêtise ? La voix de ma mère était très douce, elle parlait lentement. Elle a voulu séduire Gabriel. Être désirée par lui. Elle

l'a fait comme le font les femmes, avec
la promesse de leur corps. Mes promesses
d'ivresse, de vertige, qu'elle avait voulu
offrir à un autre. Il a refusé. Comment
eût-il pu en être autrement ? Il a tenté de
la raisonner. Une fois, deux fois, trois fois,
jusqu'à la gifle. Alors elle est rentrée chez
elle, furieuse, blessée, humiliée ; plus tard,
elle a avalé tous les cachets qu'elle a trouvés
dans la salle de bains. Elle voulait mourir ?
demandai-je, blême. Je ne sais pas, répon-
dit ma mère ; peut-être voulait-elle juste
tuer quelque chose en elle. L'enfance ?

*

Je ne revis pas Victoire cet été-là.

Je lui écrivis des lettres que je dépo-
sais chez elle, mais n'eus jamais aucune

réponse. Je ne suis même pas certain que sa mère les lui donnait alors.

À la rentrée de septembre, elle fut envoyée à l'institut Monte Rosa en Suisse, dont la devise était *In labor virtus* et qui prônait le respect du savoir-vivre et de son prochain. Le banquier cessa de subventionner la poésie de sa femme et dut s'emprunter pour financer cet exil.

Gabriel Delalande avait mis sa maison en vente. Je m'insurgeai. Vous n'avez rien fait de mal ! Il y aura toujours une ombre, me dit-il dans un sourire fatigué, et dans la mémoire des gens d'ici, avec le temps, une ombre devient une menace. Il ébouriffa mes cheveux et j'aimai soudain ce geste de père : j'ai eu du plaisir à te connaître, Louis, tu es quelqu'un de pur. Nous ne nous revîmes jamais mais il m'arrive encore parfois, en regardant *Le Feu follet* ou *La Piscine*, d'éprouver la nostalgie de son élégance triste ; le manque de ses gestes pudiques de père sans enfants.

Ma mère passa quelques entretiens ; elle ne fut pas choisie. Pas préférée. Elle eut une période désenchantée. Elle regardait les photographies de mon père, elle buvait un peu et elle pleurait beaucoup.

Je nous préparais à manger le soir ; puis, lorsqu'elle était trop fatiguée ou ivre parfois, je l'aidais à monter, la déshabillais, la couchais. Je lui racontais toujours ma journée et cela la rassurait : l'un de nous vivait encore.

Nous n'en parlions jamais mais Victoire me manquait. Notre enfance me manquait ; nos rêves de « Bleue » ; un matin d'une vie ensemble, puis un autre, et encore.

Le temps passait. Je l'aimais toujours.

*

L'été suivant (la fin du monde n'avait finalement pas eu lieu), j'avais l'allure d'un homme. J'étais grand, mince ; au village les filles me regardaient, me souriaient ; quelques garçons essayèrent de m'intégrer dans leur bande mais je préférais la solitude.

Cet été-là, nous nous apprêtions à partir en Italie, ma mère et moi. Elle allait mieux. Elle avait trouvé un poste de caissière à Auchan, au centre commercial de Villeneuve-d'Ascq ; tu vois, disait-elle en souriant, résignée, ça aura servi à ça

mes cours de comptabilité ! J'aimais ma
mère, elle était forte et faible et elle avait
besoin de moi. Elle avait un petit rêve
d'Italie inassouvi : voir Sienne, l'immense
piazza del Campo, l'imposant *Duomo di
Siena*, avec mon père, du temps d'avant
la rapide voiture italienne.

Cet été-là, je revis Victoire. Une
minute. Elle était avec sa sœur Jeanne ;
elles chargeaient le coffre d'une vieille
auto. Je lui fis un signe. Elle me regarda.
Elle avait grandi elle aussi ; la femme
en elle sourdait. Je la trouvai plus belle
encore, malgré le même maquillage vul-
gaire que Jeanne, les mêmes paupières
bleues, les mêmes lèvres trop rouges,
leurs chewing-gums. Malgré leurs shorts
jumeaux, effrangés, coupés dans des jeans
moulants, si courts que le tissu des poches

en dépassait. Elle me renvoya mon salut.
Tu pars ? criai-je. En Espagne ! Et toi ?
Italie ! Nous rîmes ; ce fut bon. Inespéré.
La minute passa, elle grimpa à bord de
l'auto et Jeanne démarra et ce fut tout.

*

Parfois j'allais jusqu'à la maison de
briques orange. La poétesse me servait un
thé anglais ; nous parlions de ce qu'elle
n'écrivait plus ; nous parlions d'elle, du
manque d'elle ; sa mère me donnait des
nouvelles ; lisait parfois une courte lettre ;
me montrait fièrement un bulletin de
notes ; m'offrit un jour une photo d'elle
prise à Monte Rosa, les verts pâturages et
les Rochers-de-Naye derrière elle, comme
une parfaite petite publicité pour du cho-

colat au lait ; elle venait d'avoir seize ans, elle avait fait couper court ses cheveux, ses émeraudes étincelaient, son sourire était beau, heureux, et je me mis à pleurer, sa mère attrapa ma main, la baisa en tremblant ; Victoire était au milieu de nous et nous essayions de la toucher, de l'atteindre, et je promettais à la maman pâle de la ramener un jour parmi nous.

*

Un an encore. Victoire ne rentrait plus à Sainghin. Elle préférait passer les vacances en Suisse, chez ses amies d'internat, loin de son été de honte. Je lui envoyais parfois des lettres, elles restaient lettres mortes. Ma mère me suppliait ; rencontre des filles, tombe amoureux,

oublie le passé, oublie-la. Je souriais. Ça
te va bien de dire ça, madame d'un seul
amour.

Après le bac, l'année suivante, j'entrai
en fac de lettres modernes à Lille-III. Je
cherchai chez Baudelaire, Breton, Miche-
let, Ionesco la grâce des mots que j'avais
promis à Victoire, tout leur courage ; ceux
qui la rendraient amoureuse. Le 14 avril
2004 enfin, au jour de ses dix-huit ans,
je fis porter, à l'adresse de l'appartement
qu'elle partageait désormais à Chambéry
avec une colocataire, une fleur chaque
jour.

J'avais juste vingt ans. L'âge de mon
père.

Un phlox blanc ; voici ma déclaration
d'amour. Un fusain ; ton image est gravée
dans mon cœur. Une pimprenelle ; tu es

mon unique amour. Une rose sauvage ; je te suivrai partout. Une tulipe diaprée ; tes yeux sont magnifiques. Un iris mauve ; tes yeux m'affolent. Un chrysanthème rouge ; je t'aime. Un camélia ; je t'aimerai toujours. Une marguerite innocence ; m'aimes-tu ? Une rose rose ; tu es si belle. Et enfin douze roses rouges ; veux-tu m'épouser ?

*

Je n'eus pas de réponse. Mes fleurs se fanèrent, j'imagine. Victoire avait dû bien rire, brocarder l'enfant en moi qui emprisonnait l'adulte, l'empêchait d'éclore ; je l'entendais encore, parfois : *j'ai pas les mains qui piquent avec toi.*

Elle était partie l'été de ses treize ans ; elle avait emporté avec elle mes émerveillements, notre élégance, nos rires clairs, mon indéfectible amour et son premier sang. Je l'avais attendue, ma patience n'avait pas pesé bien lourd face à la fascinante sauvagerie des hommes. Elle devint belle sans moi ; de cette beauté qui ne peut jamais appartenir tout à fait, qui est une convoitise, un rêve et une douleur. Son corps de femme avait éclos dans des bras d'hommes, de ravisseurs, de pilleurs comme les convoitent toujours les femmes. Elle avait grandi sans moi ; mes ultimes larmes m'empêchèrent de me dessécher tout à fait et les méchants coups que je prenais sur les terrains de sport anesthésièrent mon chagrin.

Une pimprenelle

Je l'avais cherchée dans d'autres bras, le temps d'un oubli ; je m'étais égaré dans quelques tendresses. J'avais plongé dans de semblables blondeurs pâles qui demandaient au matin des promesses que je n'offrais jamais. Je sortais peu, rentrais à Sainghin le week-end ; je devins un vieux fils, ce poids qui, au fond, rassure les mères.

Et mes vingt et un ans furent là, tristes.

C'est la nuit.

Dehors le nordet s'est levé, et bien que l'été approche, je sais que le vent apporte le froid. Notre maison qui donne sur la pointe de la Rognouse tremble un peu ; nous l'avons choisie, ma femme et moi, parce qu'il n'y a pas vraiment d'été par ici. Nous nous méfions de lui depuis nos quinze ans, il chauffe le sang ; nous préférons ce pays hors saison ; ici, comme dans la chanson de Cabrel, il y a *de l'herbe ancienne / dans les bacs à fleurs / sur les balcons / on doit être hors saison.*

Seize ans ont passé ; ma silhouette d'homme ressemble à celle de mon père sur les photos. J'ai son rire parfois. Mais contrairement à lui qui n'a pas eu le temps, j'ai appris que la grâce ne dure pas ; que les douleurs sont toujours là, tapies dans nos ombres, nos heures sombres.

Un an après ma pimprenelle, Victoire fut là.

Elle n'avait pas de valise, pas de sac, pas de passé ; quelque chose avait griffé les cabochons de ses yeux, l'éclat d'émeraude s'était terni et je pleurai lorsqu'elle passa le seuil de mon appartement.

Elle tenait un plant de myrte dans ses mains. *Myrte* ; qui signifie oui, amour partagé.

Alors je la pris dans mes bras, éperdu, comme on accueille quelqu'un qui s'est perdu et qui tremble encore ; et jamais, depuis ce jour, nous ne parlâmes de ces années.

Elles sont entre nous comme une fissure pourpre. Une ligne de sang infranchissable.

Il y a quelques instants, je suis allé couvrir notre fils ; il aura bientôt quatre ans, il a les yeux verts de sa mère et la bouche de mon père, d'après ce que j'en sais. Ma mère en est folle ; elle voudrait quitter Sainghin, se rapprocher de nous. Elle a acheté un ciré, des bottes, une épuisette raquette, une bourriche ; elle regarde les horaires des marées ; elle nous imagine tous sur la plage, elle devine nos rires ; elle s'initie aux crêpes, au kouign-amann ;

elle apprend des mots bretons : *degemer mat* (bienvenue), *trugarez* (merci), *brav eo !* (c'est beau !) ; rien que les mots gentils. En attendant, elle passe ses journées avec la poétesse. Depuis trois ans elles organisent, l'été, « Les Jardins de la poésie » : il n'y a pas foule et ceux qui viennent, me dit-elle, lisent des textes épouvantables (les leurs) mais tout ce petit monde est heureux et attend en rêvant une part d'immortalité.

Le vent est plus fort maintenant. L'air est salé. Il a le goût de ces larmes qui ne sortent plus depuis l'été de mes quinze ans, qui me noient chaque jour davantage.

Je repose mon crayon.

Je vais aller m'allonger à nouveau auprès d'elle, dans notre lit ; je vais me serrer contre elle, fort, à en étouffer, jusqu'à la naissance du jour, ma peur inconsolable d'être abandonné d'elle.

Mon intranquillité.

CET OUVRAGE A ÉTÉ COMPOSÉ
PAR NORD COMPO
ET ACHEVÉ D'IMPRIMER EN JUILLET 2013
PAR LA NOUVELLE IMPRIMERIE LABALLERY
(CLAMECY, FRANCE)
POUR LE COMPTE DES ÉDITIONS J.-C. LATTÈS
17, RUE JACOB — 75006 PARIS

JC Lattès s'engage pour
l'environnement en réduisant
l'empreinte carbone de ses livres.
Celle de cet exemplaire est de :
200 g éq. CO_2
Rendez-vous sur
PAPIER À BASE DE   www.jclattes-durable.fr
FIBRES CERTIFIÉES

N° d'édition : 01 – N° d'impression : 306272
Dépôt légal : juillet 2013